AF297821

LES DEUX ERMITES,

OU

LA CONFIDENCE,

COMÉDIE-VAUDEVILLE EN UN ACTE ;

Imitée de l'allemand de KOTZEBUE ;

PAR MM. DELESTRE-POIRSON ET CONSTANT ;

Représentée pour la première fois, à Paris, sur le Théâtre du Vaudeville, le 10 Mai 1813.

PARIS,

CHEZ BARBA, LIBRAIRE, PALAIS-ROYAL,
DERRIÈRE LE THÉÂTRE FRANÇAIS, N°. 51.

DE L'IMPRIMERIE DE HOCQUET.

1813.

La scène se passe en Bavière, près du château
de Valborn.

LES DEUX ERMITES,

COMÉDIE VAUDEVILLE.

Le théâtre représente une forêt ; à droite est une cabane ;
au fond du théâtre la grille d'un château, qu'on apper-
çoit dans le lointain ; à gauche, un banc de gazon.

SCENE PREMIERE.

AMÉLIE, ADOLPHE.

AMÉLIE.

Rentre, mon ami. *(à part)* Je viens d'appercevoir mon
mari qui rôde dans les environs ; il est nécessaire qu'il ne
soupçonne rien.

ADOLPHE.

Ne me laisse pas long-tems seul, maman.

AMÉLIE.

Non, mon fils. *(Adolphe rentre dans la cabane.)*

SCENE II,

AMÉLIE, *seule.*

Maman... mon fils... En vérité, grace à vous, mon cher
mari, je joue là un rôle bien singulier... Qui aurait cru, il y a
huit ans, après trois mois de mariage, lorsque forcé de rejoin-
dre les drapeaux, vous me juriez, en me quittant, une cons-

ſance à toute épreuve, que ce serait là le fruit de vos belles protestations.

Air : *du Vaudeville du Petit Courrier.*

De l'hymen respectant les nœuds,
Si j'en croyais votre promesse,
A jamais ma seule tendresse
Suffisait pour vous rendre heureux.
Dieux ! quel chagrin était le votre
En quittant ces lieux pleins d'attraits !
Vous alliez tenir près d'une autre
Les sermens que vous m'aviez faits.

Relisons encore ce funeste billet, dont le contenu me paraît si extraordinaire.

« Madame,

» Votre Époux, en garnison, il y a huit ans, dans une ville
» de Bohême, devint amoureux de ma sœur, qui ne s'apper-
» çut des suites funestes de sa passion, qu'après le départ du
» régiment de M. de Valborn. La mort vient d'enlever ma
» sœur. Elle m'a prescrit, en mourant, de vous adresser le
» petit Adolphe, son fils, et le portrait du père. C'est dans
» votre bon cœur et dans votre générosité qu'elle a placé son
» dernier espoir, etc., etc. »

Ah ! M. de Valborn, c'est ainsi que vous observez les lois de la constance. C'est tout simple, un brave colonel ne se croit obligé d'être fidèle qu'à la victoire ; et, après un pareil trait, depuis six ans que, retiré du service, vous vivez avec votre femme, vous vous avisez d'en être jaloux, mais jaloux à l'excès ! Jaloux et infidèle, c'est aussi par trop fort.

Air : *Voulant par ses Œuvres complètes.*

Non, je ne saurais, sans-faiblesse,
Laisser mon époux impuni ;
Pourtant, de ma seule tendresse,
Son Adolphe attend un appui.
Un jour je veux être sa mère ;
Mais si mon cœur compâtissant
Donne une caresse à l'enfant,
Je dois une leçon au père.

Justement je l'apperçois.

SCENE III.

AMÉLIE, VALBORN.

VALBORN, *au fond.*

Encore cette lettre fatale ! il faut qu'elle contienne quelque mystère bien important. *(haut)* Ah ! c'est vous, madame ?

AMÉLIE, *cachant la lettre.*

Moi-même, monsieur.

VALBORN.

Par quel hasard dans ce lieu écarté.

AMÉLIE.

Je me promenais... je réfléchissais...

VALBORN.

Ah ! si je ne me suis pas trompé, vous lisiez aussi.

AMÉLIE.

Oui, monsieur, je lisais.

VALBORN.

Peut-on savoir ?...

AMÉLIE.

Dispensez-m'en, je vous prie ; je ne lis point vos lettres.

VALBORN.

Ce billet doit contenir des choses bien intéressantes, puis-que, pour le lire, vous cherchez la solitude.

AMÉLIE.

Mais rien ne m'est plus agréable aujourd'hui que la solitude vous n'avez pas envie, j'espère, de contrarier mes goûts.

VALBORN.

Point du tout, madame ; mais ils sont bien extraordinaires.

AMÉLIE.

N'y a-t-il pas là de quoi alarmer votre jalousie ?

VALBORN.

Mais, madame.

Air : *Désir de plaire.* (*De la jolie Fiancée.*)

La solitude
Doit alarmer plus d'un époux ;
On peut s'y livrer à l'étude,
Mais elle est propre aux rendez-vous ,
La solitude :

AMÉLIE.

Même air.

La solitude ,
Avec raison sait me charmer ;
Mais je vous dois cette habitude :
Pourquoi me faites vous aimer
La solitude ?

VALBORN.

Je vous suis obligé... Amélie... Amélie... vous ne m'avez pas toujours traité ainsi. Vous souvient-il des sermens de confiance sans bornes, d'amour éternel que vous me fîtes, ici même, lors de mon départ pour la Bohême ?

AMÉLIE.

De votre voyage en Bohême... je me le rappellerai long-tems... Ah ! M. de Valborn ! M. de Valborn ! vous souvient-il des sermens de confiance, d'amour éternel que vous me faisiez... avant notre mariage ? Vous voyez donc, monsieur, que si je suis changée, vous l'êtes aussi.

VALBORN.

Cela peut être, madame ; mais j'ai mes raisons pour cela, moi ; par exemple, pourquoi me faire un mystère de la lettre que vous venez de cacher.

AMÉLIE.

Encore cette lettre.

VALBORN.

Oui, madame, il faut que je la voie absolument.

AMÉLIE.

Absolument.

Air : *Du Fleuve de la vie.*
Mon cher mari, veux-tu connaître
Le vrai moyen de vivre heureux,
Ne prends jamais le ton d'un maître :
Les époux le sont tous les deux;
Surtout bannis ta jalousie;
Pour ta femme sois confiant,
Si tu veux descendre gaiment
Le fleuve de la vie.

VALBORN.

Tout cela est bon, Madame, mais je veux être éclairci.

AMELIE.

Doucement, Monsieur, ne vous emportez pas ainsi; vous m'effrayez. Vous ignorez que dans ce moment j'ai besoin de calme, de tranquillité.

VALBORN.

Comment?

AMÉLIE.

Sans doute, monsieur; je vais consulter le vénérable anachorète qui vient de s'établir dans ces lieux, et dont vous voyez d'ici l'ermitage.

VALBORN.

Vous allez consulter, dites-vous ?

AMÉLIE.

Oui, monsieur, sur un point qui, je l'avoue, m'intéresse beaucoup.

VALBORN.

Eh bien! madame, sans aller plus loin, me voilà prêt à vous entendre; expliquez-moi ce qui vous inquiette.

AMÉLIE.

Auriez-vous le calme nécessaire ?

VALBORN.

Oui, madame, je suis calme, très-calme.

AMÉLIE.

Ah! mon cher Valborn, si vous pouviez vous voir vous-même en ce moment, vous ne parleriez pas avec tant d'assurance... Allons... adieu. J'ai besoin de rétablir la tranquillité dans mon esprit avant d'aborder l'ermite.

Air : *Du Vaudeville du Secret de Madame.*
Pour me recueillir en silence,
Permettez-moi de vous quitter;
C'est sur un cas de conscience
Que je prétends le consulter.

VALBORN.

Vous sentez que d'un tel mystère
Je dois m'offenser aujourd'hui :
Une femme ne devrait faire
De tels aveux qu'à son mari.

AMÉLIE.	VALBORN.
Pour me recueillir en silence	Une pareille défiance,
Permettez-moi de vous quitter ;	Vous le sentez, doit m'irriter :
C'est sur un cas de conscience	Femme ne doit avoir, je pense,
Que je prétends le consulter.	Que son époux à consulter.

(Amélie rentre dans la cabane.)

SCENE IV.

VALBORN, *seul.*

Ce n'est pas à moi qu'elle a rien à confier ! Un époux ! fi
donc ! c'est un jaloux dont on ne saurait trop se défier.

RONDEAU.

Air nouveau de M. Doche.

Pauvres maris, que vous êtes à plaindre,
Chacun se ligue contre vous ;
De tous côtés, il vous faut toujours craindre,
Et l'on vous nomme encor jaloux.

Vous qui prenez femmes jolies,
Graces à leurs coquetteries,
Bientôt vous voyez mille amans
Leur tenir des propos galans ;
Si vous voulez écarter d'elles
Leurs airs, leurs discours séduisans,
Alors, aux regards de vos belles,
Vous n'êtes plus que des tyrans.

Pauvres maris, etc.

Maris prudens qui renfermez vos femmes,
Vous êtes bien souvent les premiers attrapés ;
A leur vertu, fiez-vous, bonnes âmes,
Pour récompense, un jour vous vous verrez trompés.

Pauvres maris, etc.

Mais j'y pense, Amélie doit revenir trouver l'ermite ; je viens de l'appercevoir de loin... dans l'instant il est sorti... si je pouvais moi-même, en m'affublant d'une de ses robes... Parbleu ! l'idée est excellente... Ah ! ma femme, ma femme, vous avez des secrets pour votre mari... Nous verrons, nous verrons.

(Il sort.)

SCÈNE V.

AMÉLIE, *sortant de la cabane.*

Comment donc, mon cher mari, les grands moyens ! les déguisemens ! vous me volez l'idée du travestissement dont j'allais me servir. Ah ! vous voulez jouer au fin avec une femme ! vous n'y pensez pas. Rendez graces au ciel de ce que je ne me venge pas de vous comme vous le mériteriez.

Air : Quand vous jugez que je ne suis pas belle. (*Amour et Mystère.*)

Je veux punir un époux qui m'outrage,
   Et, par un caprice étonnant,
   Qui se montre dans son ménage,
   A-la-fois jaloux, inconstant.
   Mais aujourd'hui de ma prudence
   Il devra se féliciter,
Car si bien loin je porte la vengeance,
Je n'irai pas jusques à l'imiter.

Le voici. Préparons-nous à jouer mon rôle ; il sera plus aisé à soutenir que le sien.

Les Deux Ermites.   2

SCÈNE VI.

VALBORN, *en Ermite* ; AMÉLIE.

A M É L I E.

Air : *Ermite, bon Ermite.*

Ermite, bon Ermite,
Je viens vous consulter.

VALBORN.

Me voilà, parlez vîte,
Prêt à vous écouter.

AMÉLIE.

Vous m'êtes nécessaire ;
Mais, hélas ! je crains bien...

VALBORN.

Si vous êtes sincère,
Allez, ne craignez rien.

AMÉLIE.

Votre ton me rassure.

VALBORN.

A sonder votre foi,
Nul, soyez en bien sure,
Ne mettra, je le jure,
Plus d'intérêt que moi.

AMÉLIE.

Mon père, j'attends de vous beaucoup d'indulgence.

VALBORN.

N'en avons nous pas tous besoin ?

AMÉLIE, *à part.*

Il ne sait pas si bien dire. (*haut*) Eh bien... mais je n'ose
parler ; si mon mari m'écoutait...

VALBORN.

Il ne doit donc pas savoir ce que vous avez à me confier ?

AMÉLIE.

Je viens vous parler de lui-même.

VALBORN.

De lui-même... Rassurez-vous, il vient rarement en ces
lieux. (*avec intention*) Et n'a jamais rien à dire à l'ermite.

AMÉLIE.

Ce reproche indirect m'a fait voir que vous le croyez sans
défauts.

VALBORN.

Je le connais très-peu ; mais...

Air : *Du partage de la richesse.*

Je crois que son air est affable,
Que son cœur est droit , généreux,
Que son caractère est aimable.
AMÉLIE , *à part.*
Il se juge on ne peut pas mieux.
VALBORN.
Je crois , quand il s'agit de plaire ,
Qu'il n'est jamais dans l'embarras.
AMÉLIE.
D'après cela je vois , mon père ,
Que vous ne le connaissez pas.

Je dois vous détromper, en vous confiant qu'il est impérieux.

VALBORN.

Impérieux !... Mais, madame, est-ce votre confession ou
celle de votre mari que vous venez me faire ?

AMÉLIE.

C'est la mienne... Mais au moins je trouve une excuse à ma
faute en vous peignant Valborn tel qu'il est ; c'est-à-dire,
jaloux à l'excès.

VALBORN.

Jaloux !... Madame, un époux parfait est rare, et le vôtre a
peut-être d'autres qualités... Au reste, est-ce là tout ce que
vous aviez à me dire ?

AMÉLIE,

Il me reste à vous faire un aveu pénible.

VALBORN,

Parlez, parlez donc.

Air : *De la parole,*

Si vous veniez pour consulter
L'ermite prêt à vous entendre,
Parlez lui donc sans hésiter...

(*à part.*)

O ciel ! à quoi dois-je m'attendre ?

AMÉLIE.

Eh ! bien, l'hymen depuis sept ans
Me retient sous sa loi sévère,
Du baron je n'ai point d'enfans, (*bis.*)
Et malgré cela

VALBORN.
Et malgré cela.

AMÉLIE, *hésitant et bas.*

Je suis mère.

VALBORN, *furieux, à part.*

O ciel ! qu'entends-je !... Contraignons-nous ; c'est le seul moyen d'éclairer ma vengeance... *(haut)* Et vous n'avez pas craint de déshonorer votre époux ?

AMÉLIE.

Mon père, est-ce là l'indulgence que vous m'aviez promise?

VALBORN.

Ah ! madame, peut-elle tenir contre une pareille faute... Et qu'est devenu ce malheureux enfant ?

AMÉLIE.

Après avoir été élevé soigneusement loin d'ici, il vient d'être amené dans cette chaumière.

VALBORN.

Auprès de votre époux ! Et s'il le rencontrait ?

AMÉLIE.

Il l'aimera dès qu'il le verra. Et d'ailleurs j'ai un projet que je venais vous communiquer ; je comptais que vous pourriez parler à mon époux, l'engager à adopter cet enfant.

VALBORN, *avec ironie.*

Que je pourrais même le persuader d'en faire un jour son héritier, n'est-ce pas ?

(15)

AMÉLIE.

J'espère bien qu'il en viendra-là.

VALBORN.

Ah ! c'en est trop, madame ; ne comptez pas sur moi pour réparer un crime pareil.

Air : *J'ai vu le Parnasse des Dames.*

Il est , il est trop condamnable.

AMÉLIE.

Mon père , je m'en souviendrai.

VALBORN.

Cette faute est impardonnable.

AMÉLIE, *à part.*

Pourtant je la pardonnerai.

VALBORN.

Quand un époux est un modèle.

AMÉLIE.

Un modèle, oui, je le crol.

VALBORN.

Il est affreux d'être infidèle.

AMÉLIE.

Qui doit le sentir mieux que moi.

VALBORN.

Vous ne pouvez trop vous repentir. Allez , madame , allez, après une telle confidence, j'ai besoin de me calmer.

AMÉLIE, *à part.*

Je le crois. *(haut)* Il ne me reste plus qu'une grace à vous demander.

Air : *On m'avait vanté la guinguette.* (de Bancclin.)

A mes vœux loin d'être rebelle ,
Ménagez , selon mon désir ,
Un époux toujours si fidèle.

VALBORN.

Et qui doit vous faire rougir.

AMÉLIE.

Puisse Valborn , que rien n'accable ,
Ne pas trouver, ce tendre époux,
S'il devenait un jour coupable ,
Un juge aussi cruel que vous.

<table>
<tr><td>

VALBORN.

A vos vœux loin d'être rebelle ,
Je veux , afin de bien agir,
Ménager votre époux fidèle ,
Et qui doit vous faire rougir.

</td><td>

AMÉLIE,

A mes vœux loin d'être rebelle,
Ménagez, selon mon désir ,
Un époux toujours si fidèle ,
Et qui doit me faire rougir.

</td></tr>
</table>

(Amélie sort.)

SCÈNE VIII.

VALBORN, *seul.*

Respirons un peu... Je ne puis encore revenir de la suprise où m'a jeté ma perfide épouse... Et je ne me vengerais pas de celui qui m'a ravi l'honneur et le repos ?...

Air : *Epoux inprudent , fils rebelle.*

Du nom du traître qui m'offense ,
Bientôt je veux être éclairci :
Au gré de ma juste vengeance ,
Il verra son crime puni.
Que la loi si souvent trompée
Se serve d'un air indécis ,
De la balance de Thémis ,
Pour moi je prendrai son épée.

Mais comment parvenir à savoir le nom du séducteur ?.. cet enfant est près de moi, si je l'interrogeais ? à cet âge, on est incapable de feindre... Ah ! j'entends, je crois, du bruit dans l'ermitage ? l'ermite serait-il déjà rentré. ?

SCÈNE IX.

VALBORN, AMÉLIE, *en Ermite.*

VALBORN.

Ah ! mon père, je suis enchanté de vous voir ; vous allez me donner des renseignemens...

AMÉLIE.

Bien volontiers ; entre bons frères on doit s'obliger... Vous
êtes sans doute un Ermite du voisinage.

VALBORN.

Eh , morbleu ! mon père...

AMÉLIE.

Quel langage pour un ermite !

VALBORN.

Ne me connaissez-vous point ?

Air : *Dans cette maison à quinze ans.*

Et pourquoi donc cette façon ,
Ma personne est elle un mystère ;
Méconnaissez-vous le Baron ,
Le possesseur de cette terre ?

AMÉLIE.

Monseigneur, je voulais vous voir.
Loin de ne pas vous reconnaître,
(à part.)   En femme qui fait son devoir   (bis.)
(haut.)   Je vous reconnais pour mon maître.

Mais au fait , monsieur le Baron , qui vous aurait deviné ;
sous ce costume , vous avez autant l'air d'un ermite que moi.

VALBORN.

Sachez que j'ai pris ce déguisement pour connaître un secret
que vous n'ignorez pas sans doute , puisque vous avez la
confiance de ma femme.

AMÉLIE.

Il est vrai qu'elle n'a rien de caché pour moi.

VALBORN.

Eh bien ! vous devez savoir la cause de mes tourmens ?

AMÉLIE.

En effet, je vous crois bien à plaindre , car vous me semblez
bien jaloux. . .

VALBORN.

Laissons cela... vous avez vu sans doute près de ces lieux
un enfant.

AMÉLIE.

Le petit Adolphe... Oui, Monseigneur, c'est moi qui en
prends soin...

VALBORN.

Ah ! c'est vous... faites-le venir.

AMÉLIE, *appelle.*

Adolphe, Adolphe. *(Adolphe paraît.)*

VALBORN.

Un mot encore.

Air : *Du Ballet des Pierrots.*

Vous savez le nom de son père ;
Sans doute il vient souvent ici.

AMÉLIE.

Sa personne doit m'être chère,
Mais vous le connaissez aussi...
Vous l'estimez, tout me l'assure,
Et quand à son nom, entre nous,
Oh ! personne, je vous le jure,
Ne doit le savoir mieux que vous.

D'ailleurs, si vous l'aviez oublié, j'ai ordre de vous remet-
tre à la première occasion une lettre qui sans doute vous le
rappellera.

VALBORN.

Une lettre ; allez me la chercher.

AMÉLIE.

Je pourrais encore, si vous l'exigiez, vous montrer son portrait.

VALBORN.

Son portrait ? apportez-le avec la lettre.

Air : *Traitant l'amour sans pitié.*

Vous voulez absolument
Qu'on vous montre son image.

VALBORN.

Allez sans plus de langage
Me le chercher à l'instant.

AMÉLIE.

Au fait, plus de résistance
Est peut-être une imprudence;
Avec cette complaisance
Je vais prévenir le mal ;
Car vous allez, je parie,
En regardant la copie,
Excuser l'original.   (*ter.*)

VALBORN.

L'excuser... non, non, je ne pousserai point la clémence jusques-là.

SCENE X.

VALBORN, ADOLPHE.

VALBORN.

Le voilà donc, ce malheureux enfant ; sa vue me fait éprouver un sentiment... Approche ici.

ADOLPHE.

Comme tu as l'air agité ; tu me fais peur.

VALBORN.

Eh ! ne crains rien , tu n'es pas la cause de mes malheurs.

ADOLPHE.

Tu es malheureux ? nous aussi nous l'avons été.

VALBORN.

Nous, dis-tu ?

ADOLPHE.

Oh ! oui, beaucoup , maman et moi ; maman sur-tout, elle pleurait toujours en pensant à mon papa.

VALBORN.

A ton père ! *(à part)* Perfide Amélie, rien ne pouvait donc effacer de ton ame l'image de ton séducteur ! Plus je regarde ce petit Adolphe et plus sa vue m'embarrasse.

Air : *Vaud. de Frosine.*

La présence de cet enfant
M'inspire je ne sais quels charmes ;
J'éprouve un tendre sentiment
Qui m'arrache presque des larmes ;
Mais d'où vient qu'en lui chaque trait,
Réveille mon humeur jalouse :
C'est qu'il m'offre tout le portrait ,
De ma perfide épouse.

ADOLPHE.

Comme tu me regardes !

VALBORN.

Mais puisque je trouve en lui les traits et les yeux trom-
peurs d'Amélie, pourquoi m'intéresse-t-il malgré moi. *(Il
l'embrasse.)*

ADOLPHE.

Tu m'embrasses comme le ferait mon père.

VALBORN, *s'éloignant vivement.*

Moi ton père !

ADOLPHE.

Air : *Fidèle ami de nôtre enfance.*

Tu n'aimes pas ce nom de père ,
Ah ! si j'ai pu te le donner,
Loin de montrer de la colère,
Tu devrais me le pardonner ;
Car lorsque je t'ai vu paraître,
Mon cœur palpitant et surpris ,
A cru pour toi, sans te connaître,
Eprouver l'amitié d'un fils.

VALBORN,

Il paraît qu'on lui a fait sa leçon... Et l'on croit que je me
laisserai prendre à une ruse aussi grossière...

ADOLPHE.

Tu as donc bien du chagrin ?

VALBORN,

Retire-toi , malheureux enfant.

SCENE XI ET DERNIÈRE.

Les Mêmes, AMÉLIE, *toujours en Ermite.*

DUO,

De M. Doche.

AMÉLIE.

Eh bien ! seigneur , que faites vous ?

(*à Adolphe.*)

Ne redoute pas son couroux ,
Monsieur te servira de père.

VALBORN.

Qui ! moi ! de père!.. osez-vous bien ?

AMÉLIE.

Viens, mon ami, vas, ne crains rien,
Oui, vous lui servirez de père;
Mais laissez là votre colère,
Voici la lettre et le portrait.

VALBORN.

Enfin au gré de mon souhait,
Voyons ce séducteur infame...
Juste ! ciel c'est moi trait pour trait.

AMÉLIE.

Il n'a pas menti, sur mon âme,
C'est bien là Valborn trait pour trait.

VALBORN.

Cette lettre cache un mystère
Que je n'ose encor découvrir.

AMÉLIE.

Monsieur, il faut pourtant l'ouvrir.

(*à part.*)

Nous, reprenons pour en finir,
Mon costume et mon caractère,
Et mettons à l'instant
Le comble a son étonnement.

VALBORN.

Je n'en puis douter... chère épouse !

AMÉLIE.

Où donc est votre humeur jalouse,
Epoux en tous lieux si constant.

VALBORN.

Aurais–je perdu ta tendresse ?

AMÉLIE.

Si de gronder, après un tel exploit,
Je consens à perdre le droit,
N'en bénissez que ma faiblesse.

VALBORN.

A toi je rends grace en ce jour,
Puisque j'ai pu, femme charmante,
Conserver, contre mon attente,
Et mon bonheur et ton amour.

AMÉLIE.

Valborn devait jusqu'à ce jour,
Grace à mon humeur peu changeante,
Conserver, contre son attente,
Et son bonheur et mon amour.

Ensemble.

AMÉLIE.

Je te remets ton fils.

ADOLPHE.

Tu ne te fâcheras plus quand je t'appellerai mon père.

AMÉLIE.

Le pourra-t-il, lorsque je consens à te servir de mère.

VALBORN.

Comment résister à ce dernier trait, chère épouse.

Air : *Belles aux galans mystères.*

Toujours soumis, fidèle,
A compter de ce jour,
Je veux être un modèle
De constance et d'amour.

AMÉLIE.

Vous abjurez la jalousie ?

VALBORN.

Loin de moi cette passion.

AMÉLIE.

Vous serez constant ?

VALBORN.

Pour la vie.

AMÉLIE.

Recevez donc votre pardon.　(*bis.*)

VALBORN.

Toujours soumis , fidèle , etc.

AMÉLIE.

Toujours soumis, fidèle,
A compter de ce jour,
Vous serez un modèle
De constance et d'amour.

Ensemble.

VAUDEVILLE.

Air : *Corsaire, je sers tour-à-tour.*

VALBORN.

J'étais coupable, je le sens ,
Et c'est là le point nécessaire ,
Mon cœur et mes goûts inconstans
Durent exciter ta colère.
Mais tu vois ici mes regrets ,
Et tu veux , pour toute vengeance ,
Que j'aime ma femme a jamais;
Ah ! quelle douce pénitence !

ADOLPHE.

Dans la pension où je sui ,
Le fils d'un seigneur qu'on révère ,
Est mon voisin et mon ami ,
Une telle amitié m'est chère ,

Nos deux devoirs ne sont pas bons,
Mais pourtant quelle différence !
Mon voisin reçoit des bonbons ;
Et l'on me met en pénitence.

AMÉLIE, *au Public.*

A votre tribunal vengeur
Quand l'auteur plein d'effroi s'avance,
Ses défauts, de votre rigueur
Lui font craindre l'effet d'avance,
Loin de chercher à l'affliger,
Usez envers lui d'indulgence ;
Il promet de se corriger,
Epargnez lui la pénitence.

FIN.